KB037528

노견일기 1

정우열
지음

노견일기

1

정우열 지음

동그람이

개와 함께 사는 일은

인생에 결정적인 영향을 미치는데,

우리가 처음 만날 무렵 나는 그걸 몰랐던 것 같다.

16년이 지난 지금 나는 전혀 다른 곳에 와 있다.

2019년 7월 제주에서

차례

겨울개

열다섯 살 먹은 개와
제주도에 살고 있습니다.
찰칵 찰칵
찰칵
팔팔

올 겨울 제주도에는 폭설이 내린 다음
폭설이 내리더니 폭설이 내렸어요.
으르릉
그치? 풋코.
너도 눈 좀
질리지?
수돗물 안 나옴
승용차 못 나감
대중교통 안 다님
택배, 마트배달 안 옴
식량 고갈

아직은 건강하지만, 혹시 이게
내 개의 마지막 겨울일까 싶어
분발하지 않을 수 없습니다.
찰칵 찰칵
찰칵

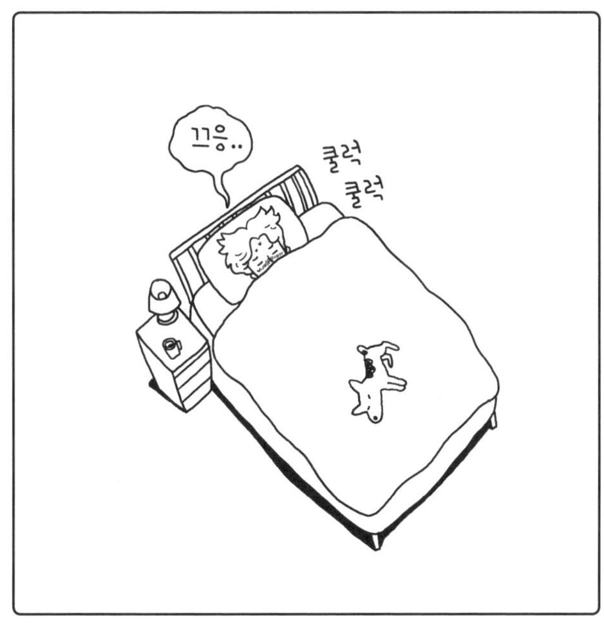
끄응..
쿨럭
쿨럭

쿨럭
쿨럭
OLDDOG

어떤 사람

세상에는 말이야,
개를 능숙하게 잘 돌보지만
자기 개는 없는 사람.
그런 사람이 좀
필요한 거 같아.

왜냐하면
개 키우는 사람들은
어디 갈 때 개 맡기기가
참 어렵거든.
그리고 가끔
유기견 임시보호할
사람도 있어야 하고.

그래서
너 죽으면
내가 그런 사람이
돼볼까 한다.

....
그렇다고
빨리 죽으란
얘긴 아니고.

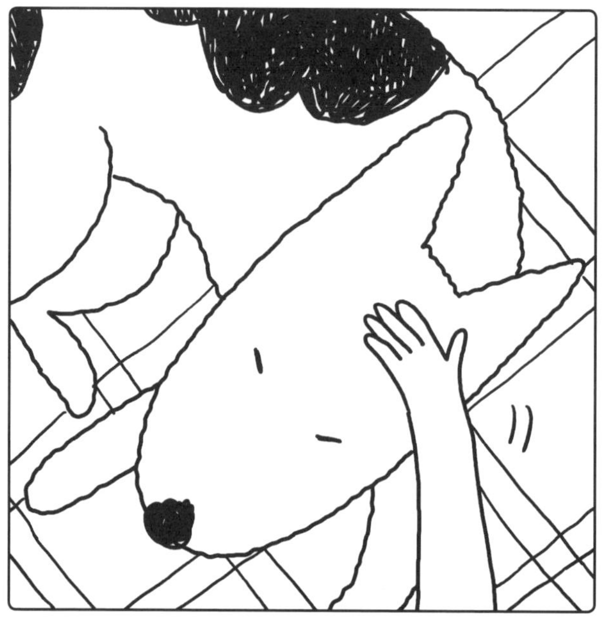

OLDDOG.

감촉

버둥
버둥
버둥
알아 알아.
개는 안는 거
싫어한다며.

버둥
버둥
버둥
버둥
근데
잠깐만
가만 좀
있어 봐.

있지, 너도
알다시피
내가 개 한 마리를
떠나보내 봐서
좀 아는데

개가 죽고 나면
이 감촉, 부피, 무게
같은 게 엄청
그립거든.
다시는
이걸 느낄 수
없다는 게
괴로워서
자다가 벌떡
일어난다고.

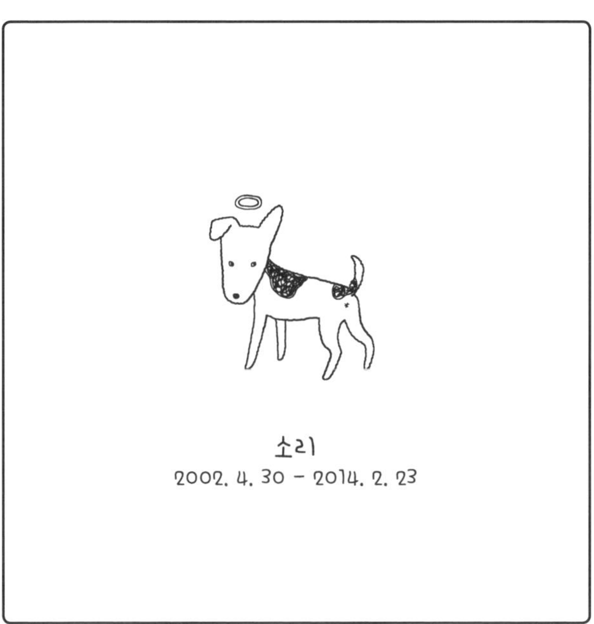
소리
2002. 4. 30 - 2014. 2. 23

소리는
음…
요거보다
좀 작고 가볍고
뜨뜻했는데
이제
그 감각이
많이 흐려져
버렸네.

OLDDOG

초능력

!

왕!
왕!
왕왕!

그래 그래,
니 말이 맞아.
왕왕왕!!!
왕왕왕왕!!
나 좀 나갔다
와야 돼.

어어
미안
왕왕
왕왕 왕
왕왕!!!
와아앙!!
나도 그러고 싶은데
오늘은 못 데려가

나이 든 개는
알고 있다.

모든 것을

대체
어떻게
알지?
마음에서
무슨 냄새가
나나..
킁킁
OLDDOG.

동심 파괴

만져도
돼요?
응 돼요.
그런데

가능한 한 아이들이 개에 대해서
갑자기 만지면
개가 놀랄 수 있으니까
이렇게 앉아서
냄새 맡게 해주고

좋은 경험을 가진 채 자랐으면 합니다.
만질 때 손은
이렇게 아래로.
그 다음에 살살.

우와아
보들보들해
!
그치?

몇 살
이에요
?
음...
열다섯 살

쿠
쿵

우린
일곱 살인데
...
우리 오빠
아홉 살
서먹
서먹
헥헥
괜찮아요.
개는 그런 거
안 따져.

강아지
안녕!!!
야,
할아버지라고
불러야지!
후다다닥
나이 장벽이 좀 있습니다.
OLDDOG

겨울 그리고 봄

개를
떠나보내신 게
언제예요?
풋코
손 줘봐
손
음... 벌써
5년 됐네요.

동물농장 다시
보기 시작한 지가
2년쯤 됐고.
흐흐
한동안 너무
괴롭고 속상해서..

나이 들어서
떠난 게
아니었어요?
나이 들어서죠.
나이 드니까 아픈 데도
많아지고..

마지막엔 많이
힘들어했어요.
내가 뭔가 잘못했나,
괜히 제주도엘 데려왔나..
너무 미안하고 별의별
생각이 다 들었죠.

그쵸. 저도 개가
그렇게 떠나니까
자꾸만 제가 잘못한 걸
되짚게 되더라고요.

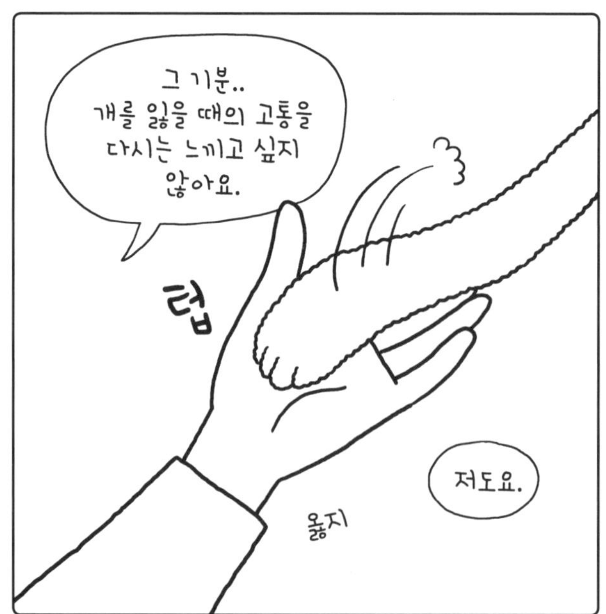
그 기분..
개를 잃을 때의 고통을
다시는 느끼고 싶지
않아요.
턱
저도요.
옳지

개가 떠난 다음
다시 입양하는 분들은
엄청 용기 있는 거
같아요.
그쵸.
그 고통을 알면서도
한 번 더 사랑하겠다고
결심한 거잖아요.

그분들 용기가
보상 받았으면
좋겠어요.
그쵸.

OLDDOG

타임머신

머그에
주세..
아 저기
죄송한데
?

저희 매장은
애완동물 출입이
안 돼서요.
테이크아웃
해가셔야..

?????

지금 바깥 자리도
안 된다고
말씀하시는 거예요?
네..사장님
방침이라 저희도
어쩔 수가...

부릉부릉

슈우우웅
부릉부릉

팍
푸슈슉
슈웅

누구세요?

으악!
싫어요!!
나 강아지
무서워!

어어 그래
그렇구나.
근데 잠깐만
안아 볼래?
아주 잠깐만.
아저씨가
도와줄게.
ㅇㅇㅇ
...

얼마 후
아항하항
꺄르륵
그만 그만!
간지러!!!

어때?
아직도 강아지
싫어?
꺄르륵
아뇨,
복슬복슬하고
따뜻해요!

있지,
아저씨 부탁 좀
들어줄래?
ㅋㅋ
ㅋ
뭔데요
?

넌 이다음에 커서
제주도에서 제법
큰 커피 체인점 사장님이
된단다.
아이
보드라워!

그때
오늘의 추억을
떠올려서
강아지에게
잘해주렴.
응!!!

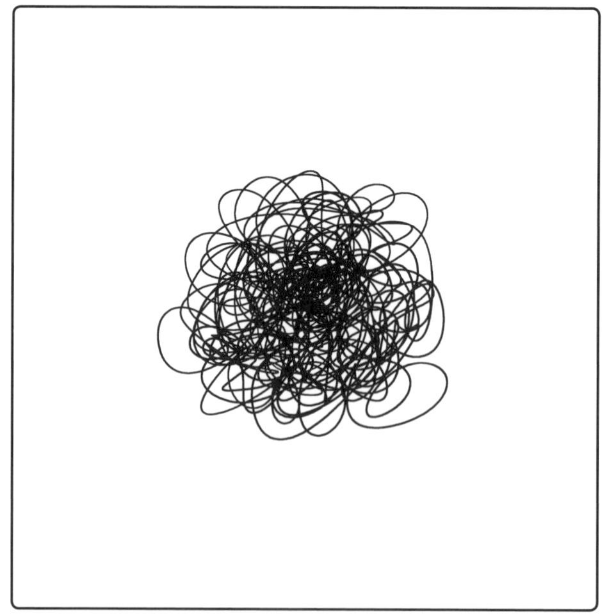

타임머신이
없어서 커피를
못 마셨네.
그치
풋코?
이런 일로 싸우기 지친
어느 날의 망상.
OLDDOG

오래오래

안녕?
아 이쁘구나.

몇 살이에요?
나이
많아요.
ㅎㅎ
열여섯 살이에요.

와아아,
장해라.
그랬어?
그랬어?

얘는 몇 살
이에요?
열다섯 살이요.

아이쿠,
너도 나이
많구나?

건강하네~
건강하죠?
능 능
네 그런 편
이에요.

오래오래
건강해라~
알았지?

말한다고 그대로 되는 건지는
잘 모르겠어요.

그저 서로 격려하고
응원하면서 살아갈 뿐.

OLDDOG

너 때문이야!

안 돼
하지 마

운동에는 조금 방해가 되고
핥 핥
핥
멍 멍

이러니 내가
배가 나와,
안 나와?
어?
합리화에는 많이
도움이 됩니다.
OLDDOG

adidas

운명

어휴 진짜. 저는
강아지 키울 생각도 없고
여건도 안 되거든요.
혼자 살지, 먹고 살려니까
종일 집 비우지.

근데 손님이 선물이라고
그냥 두고 가버렸어요!
도로 데려가시라
그래야지.

저...강아지가 사료를
안 먹는데 어떡하죠?
며칠 전에 옆집 짜장면
남은 거 주워 먹더니
맛의 세계에 눈떴나 봐요.
쫄쫄 굶길까요?

이놈시키 너
오늘부터 유격훈련이야.
머리 박어!

질겅
질겅

라군이
입양 보내려고
이리저리 알아보는
중이에요.
근데 이름
어때요? 라군이.
라군이 머리
박을래?

와아 진짜 환장하겠네.
라군이 다리에 금 갔대요!
다이빙 다녀오느라 묶어놨는데
오른쪽 다리를 절뚝거리고
막 아프다고 깨갱거려서
들쳐 안고 병원 갔거든요.
엑스레이 찍고 깁스
했어요. 약 처방받고.
거금 18만 원...정말
상상을 초월하네요.
라군이 머리 박어!

근데 강아지들이 원래
이맘때 털갈이 하나요?
라군이 털이 엄청
많이 빠지는데..
아 원래 그래요?
부비적
부비적
사료를 잘못 먹였나,
스트레스를 많이 받았나
엄청 걱정했는데 이놈시키...
라군이 머리 박을래?

저기 진짜 죄송한데
부탁 좀..저 내일까지 계속
일해야 하는데 라군이가
집에 혼자 있거든요..
장깐 들러서 밥 주고
똥 싸게 산책 좀 시켜
주실 수 있을까요?
제가 신세 꼭 갚을게요.
톡톡
토토톡

일하고 집에 왔더니 글쎄
라군이가 휴지 한 박스를
다 뜯어놨더라고요!
개가 미쳤나?
네? 감정 표현요?
음...진짜 입양
보내야겠어요.
라군이 머리 박을래?

라군이 죽을 뻔 했어요!
길고양이 싫어하는
동네 어르신들이 가끔
약 놓거든요. 그거 주워
먹은 거 같아요.
부비적
부비적
병원 가서
위 세척하고 뭐 하고
또 난리법석을 떨었어요.
돈 엄청 깨지긴 했는데
뭐 그래도 살았으니까...
라군이 머리 박아야지?

라군이 입양 보낼 데 찾았어요.
근데 시골 과수원이라는데 괜찮으려나...
저 없다고 잘 못 지내면 어떡하죠?
복날 잡아 먹으려는 건 아니겠죠?
그러기만 해봐라
아주 그냥.

관록의 바다 사나이,
스쿠버다이빙 강사 V씨
이쁘죠. 이쁜데
사정이 안 되니까...

첫개사랑에 빠져 고군분투 중.
어떻게 해야 할지
잘 모르겠어요.
화,
화이팅.
OLDDOG

사람도, 동물도

V씨가 잠시 서울에 가서

틈틈이 그의 개를 돌봐주었다.

라군아

이렇게 기분 좋아보이는데 밥은 왜 안 먹어?

산책 하니까 일단
기분이 좋긴 좋은데
아빠는 보고 싶고
마음이 막
복잡해?

개도 다
생각이 있고
마음이 있는
거지.
고양이도
돼지도 소도
닭도 전부 다.
그치, 풋코?

OLDDOG

함께 사는 삶

저기
죄송하지만
으아앙

강아지 사진 한 장
찍어도 될까요?
개 데려와도
된다는 걸
모르는 분들이
많이 계셔서

사람이 드나드는
곳이라면
저희
인스타에 올리고
싶어서요.

물론이죠.
백 장 찍어
주세요.
네?
네...하하

쭈쭈쭈쭈
찰칵
찰칵
대체로 개도
드나들 수 있다고 여기는
가게들을 여럿 알고 있어요.

타인에게 불편을
끼치지 않도록 주의를
기울여야 한다는 사실을
나는 잘 알고 있고

내가 잘 알고
있으리라는 걸
그들은 믿고
있습니다.

신뢰와 관용.

오늘 그들에게서 받은 것을

내일 다른 이들에게
퍼뜨리겠어요.
알딸딸
OLDDOG

소지품

그럼 그 기획안 컨펌은
언제쯤 날까요?
아 그게,
광고주가 출장 중이셔서
모레나 가능할 거 같아요.

근데 돌아오자마자
약간 결과물을
보여드려야 돼서..
일단 작업을 좀
진행해주시면
그 사이에 저희가
기획안 컨펌을 받고
...

음..그래도 되긴 하는데,
그렇게 먼저 작업해놓으면
꼭 광고주 컨펌 때 완전 뒤집혀서
처음부터 다시 하게
되더라고요.
되도록이면 컨펌 난
후에 진행했으면 하는데
(아니면 추가 작업에 대한
조항을 계약서에...)

저희가 일정이
좀 급해서요.
대신 시안 잡을 때
쓰실 만한 소스를 제가 좀
드리면 어떨까요? 예전 작업물
중에 비슷한 방향으로.
아 그럼 그렇게
해주시겠어요?
네네.
웹하드에 올려
둘게요 그럼.

올리고 문자
보낼게요.
네네 잘 부탁
드리겠습니다.
저도 잘 부탁
드려요. ㅎㅎ

앗 제가
계산할게요!
아까 밥도 사셨잖아요.
저희 동네까지 오셨으니까
이건 제가...

부스럭

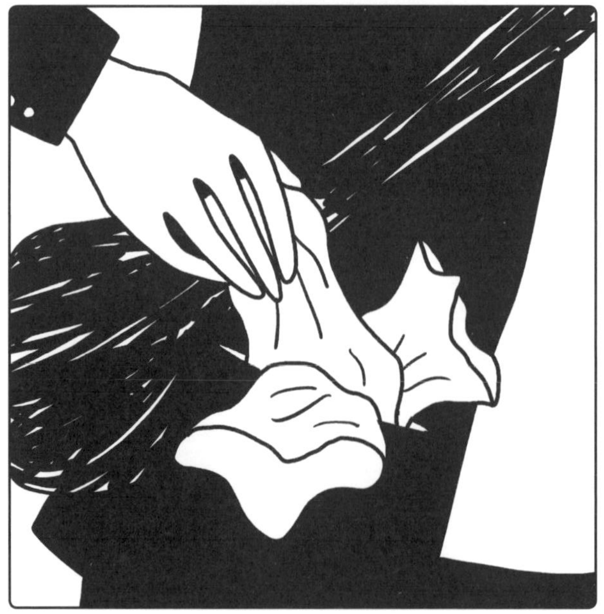

아, 아니 참
이게 아니라
가방에...
주섬
주섬

부스럭
부스럭
부스럭

너 땜에
내가 못 살아.

OLDDOG

거짓말

아직 애기죠?
아뇨,
열다섯 살
이에요.

네에?
와아아, 전혀 그렇게
안 보이는데.
엄청
건강하구나?
그렇죠?

배양해보니까
역시 녹농균
이에요.
양쪽 고막이
거의 녹아 없어졌고..
청력을 회복하기는
힘들 것 같아요.

흠, 핵경화가 많이 왔구나.
백내장도 좀 있는데..나이가
있으니 수술하긴 좀 그렇고.
전부터 워낙 디스크가
다발성에다가 상태도
안 좋았으니까..지금
제일 중요한 건
운동제한
이거든요.

네 ㅎㅎ
건강한 편
이에요.

음, 아니 뭐 그건
거짓말이라기보다

너도 알다시피
원래 세상에
100%는 잘 없거든.
이런 면도 있고
저런 면도 있는 거지.

그러니까
이 정도면 우리가
꽤 잘 해 온 거
아닐까 해.

귤꽃
피었네.

곧 수국도
피겠다.
그치?
OLDDOG

현장 검거

푯코, 내 말 좀
들어봐봐.
너는 개고
나는 사람인데
우리가 가족이 돼서
벌써 15년을
살았잖니?

그런 것처럼
종을 넘어선 교감은
굉장히 근사한 거라고
생각해.

다른 종을 경계하고
적대시 하는 대신
이해하고 관계 맺기를
할 줄 알기 때문에
우리는 한 단계
더 나은 존재가
되는 거라고
보거든.

어?
듣고 있냐?
그러니까
아까 일은 니가
양해해라?

아까
O 동물병원

그럼 풋코 안에서 침 좀 맞힐게요.
네네. 괜찮지? 침 잘 맞지, 풋코?

벵강이
오랜만.
니야옹

잘 지냈어?
뭐 재밌는 일
없었고?
폴짝

셀카 찍을래?
인스타 해?
찰칵
찰칵

다시 다시.
너만 잘 나오기
있냐 ㅋㅋ
찰칵
찰칵
찰칵

어어 왔어?
이, 이건 그런 게 아니고...

저기,
가랑이 배기니까
이제 좀 나올래?
OLDDOG

살인 진드기
걱정 끝!
3-in-1

위로

저는 잘 모르겠어요. 윌로를 제가 잘 떠나보낼지, 윌로와의 작별이 제 인생에 어떤 영향을 미칠지..
어쩌면 좀 치명적일 수도 있을 거 같아요.

친구의 어린 개가 많이 아파서
음, 저도 정답은 모르지만..
타타탁
타탁

z z z
......

요즘 자주 대화를
나누고 있다.
마음에 치명상을 입고,
삶이 크게 바뀌고...
그런 채로 또
살아가는 게
아닐까 싶어요.
타탁
탁

네 그런 거겠죠.
당장은 남은 하루하루를
행복하게 해주는 것 밖에
생각할 수가 없어요.
일도 거의 그만뒀고...

월로, 우리
바다 보러
갈까?

근데 선택의
여지가 없어요.
네 없더라고요
그럴 땐.

살면서 사랑도 할 만큼 했고
이런저런 일 겪어봤지만
이만큼 내게 중요한
일이 있었을까.

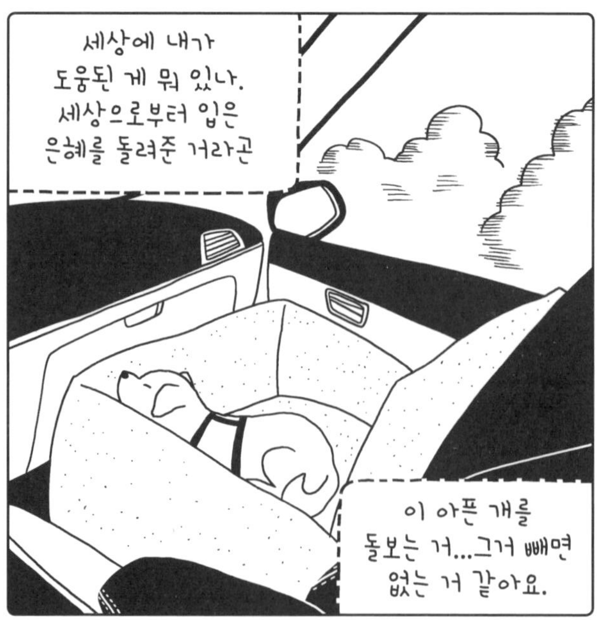
세상에 내가
도움된 게 뭐 있나.
세상으로부터 입은
은혜를 돌려준 거라곤
이 아픈 개를
돌보는 거...그거 빼면
없는 거 같아요.

음, 실제로 그렇진
않다고 생각하지만
어떤 기분인지
알 거 같아요.
타탁
타탁

4킬로그램짜리
털북숭이 녀석,
얼굴에 낙서된 채 길에
버려져 있던 꼬마..

제가 데려오길
잘한 거겠죠?
섬세하고 배려심
많은 개라 보호소에선
버티기 힘들었겠죠?

그럼요,
그럼요.
OLDDOG

'윌로'의 본명은 '타티'. 당시 병을 주변에 알리기 전이라 달리 그렸습니다.
'윌로'는 자크 타티 감독의 영화에 자주 등장하는 캐릭터 이름이에요.

그땐 미처 알지 못했지

...

어어, 그래 풋코.
나 지금 좀
바쁜데...
끄으으응

응 그래 그래.
니 말이 맞다, 풋코.
바쁜 건 내 사정이지?
넌 심심해 죽지?
끙끙
끄응

끙끙끙끙
끙끙끙끙

알았어,
알았어.

가자, 어디
가 보자!
왕왕왕!
후다다닥

개 한 마리
잘 키우는 데

사람 하나론
역부족이란 걸

예전엔 미처
알지 못했지.
미안,
풋코.
OLDDOG

REDPØD

딜레마

I will
survive~
I will
survive~~
오우우우~
오오오오
우우우우~~

고장난~
가전제품~
삽니다~~
오오오우우우~
오오우~~

딩동댕동
딩도로롱~
딩동딩도로롱~
오오오~
오우오우우~
오르골

근데 귀가
안 들리는 바람에
흥도 좀 잃었지?

그래도 너무
실망하진 말자고.
살다 보면
나쁜 일도 생기고
원래 다 그런 거야.

이제 천둥 쳐도 하나도
안 무섭잖아. 전엔 밤새
벌벌 떨었는데.
그리고.. 나쁜 일에도
때때로 좋은 점이 있을
수도 있거든.

번쩍
콰콰쾅
우르르릉―
...

야 근데. 너 땜에
내가 그때 싱가포르
그 낯선 동네에서
오차드로드 뭐시기
백화점에서 이거
살 때. 어?

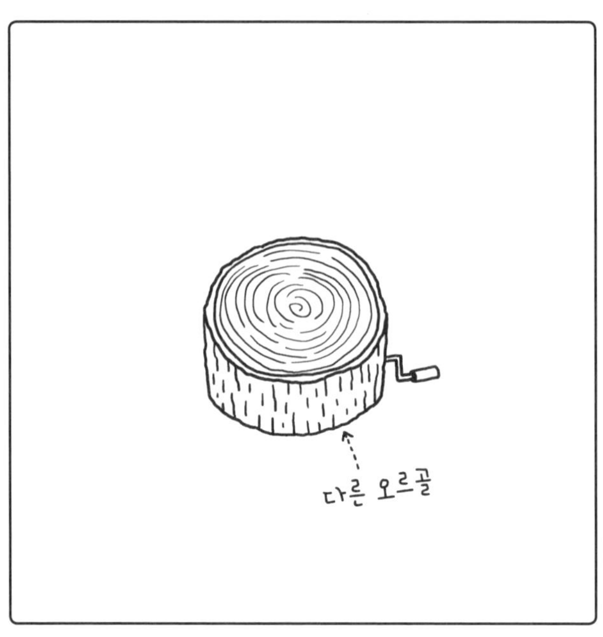
다른 오르골

이제 다시는 니 노래를
못 듣겠구나, 하면서
눈물 콸콸 쏟았다고.

딩동도로롱~
디리링도로롱~
Are...you ok?

딩동도로롱~
도로롱딩동동~

도로롱도로롱~
디리링디리링~
오오우우우~
오우우우~~

그랬는데 어?
귀가 야금야금
나아가지고 이렇게
다시 노래해버리면
그때 거기서
체통 없이 울어버린
나는 뭐가 되냐고! 어?

도로롱도로롱~
디리링디리링~
오오우우우~
오우우우~~

참. 한 가지
딜레마가 있다,
풋코.
천둥소리 들릴 만큼
회복될 계획이냐?

OLDDOG

건강검진

자- 결과
볼까요?
긴장 긴장
네네

풋코는-
아주 건강해요.
아주 아주.
휴우-
헥헥

초음파, 엑스레이,
혈액 검사 다 좋아요.
물론 디스크랑
혈압은 계속 주의
해야 하지만.
오오
네네

눈도 그만하면
잘 보이는 편이고...귀도
이제 좀 들리던데요?
심장도 좋고,
관절도 나이에 비해선
아주 건강하고요.
치아도 아직
괜찮고.

콜레스테롤 수치가 살짝
높은 거 빼고는 모두 다
정상으로 나왔어요.
전해질 수치도
좋아서 호르몬 질환,
신장 질환 가능성
매우 매우 낮아요.
…

빈혈 소견 없고,
혈소판 수치도
좋았어요.
유피씨 검사
결과도…
동물병원

Z Z Z

z z z

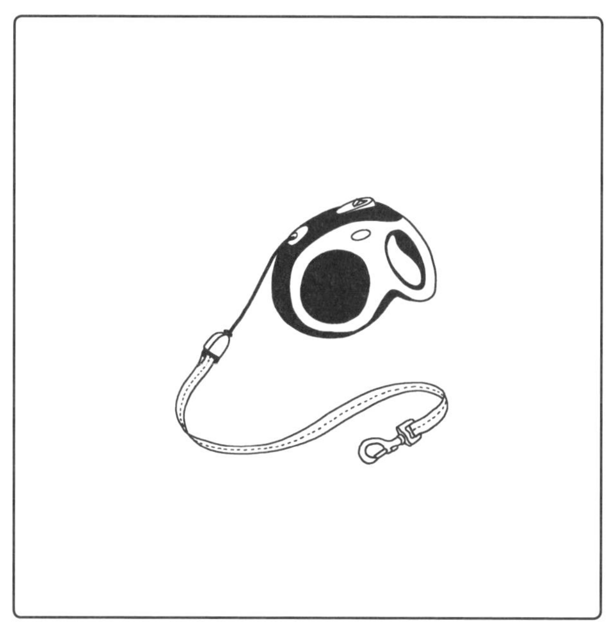

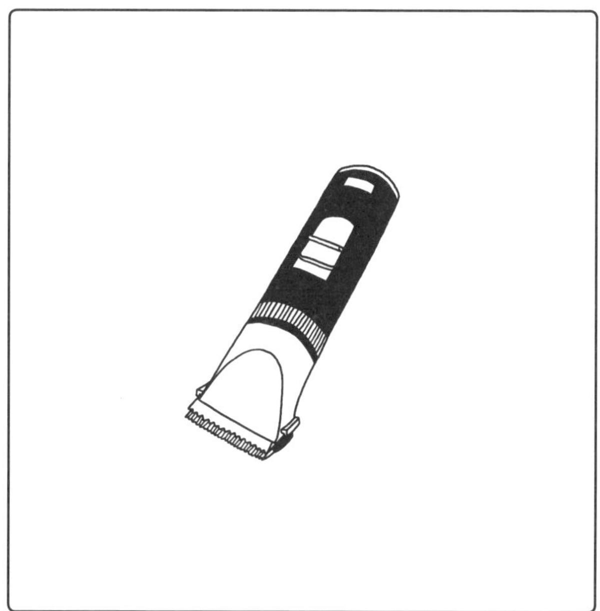

zzz
어 그래, 풋코.
나도 알아.
건강검진이
모든 걸 말해주는
건 아니지.

zzz
소리도..
검진 결과는
엄청 좋았는데
몇 달 못 가서
떠났잖아?

zzz
그래도 말야.
내가 너 믿고
줄이랑 이발기랑
새로 샀으니까
5년은 써야 된다?
자신 있냐?

zzz

개중독

어어 그래,
힘들지?
조금만 더 참자?
이제 여름이라 더
미룰 수가 없어.
위이이잉-
헥헥

풋코, 내가 팡라오
갔을 때 말이지
바닷가에
개들이 많아서
너 보고 싶어
가지고 오래풋코를
만들었었거든?
위이잉-
헥헥

근데 만들어놓고 보니까
너무 잘 만든 거야.
헥헥
위이이잉-

어어..?
풋코...
이런 데서
뭐하고 있어?
배고파?

그랬더니 걔를 거기다
두고 떠나기가 얼마나
힘들었는지 알아?
ㅋㅋ
왠지 마음이
미어지더라고.
위이잉~

쏴아아아아 철썩

위이이이잉-
...
헥헥
헥

그러니까
털 좀 그만
만들어.
모래도 힘든데
이거 버리기가
얼마나 힘들겠냐고.
위이이잉-

이거 봐.
딱 봐도
풋코잖아.

푸코오~
그랬어?
그랬어?
파라라라락

....
헥헥
헥헥

퓻코 너,
내가 이러는 거
헥헥
헥
어디 가서
말하면
안 된다.
알았지?

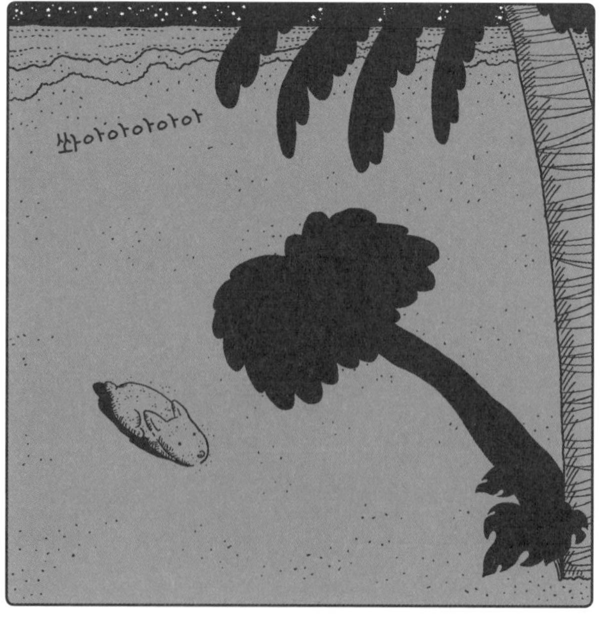

쏴아아아아아

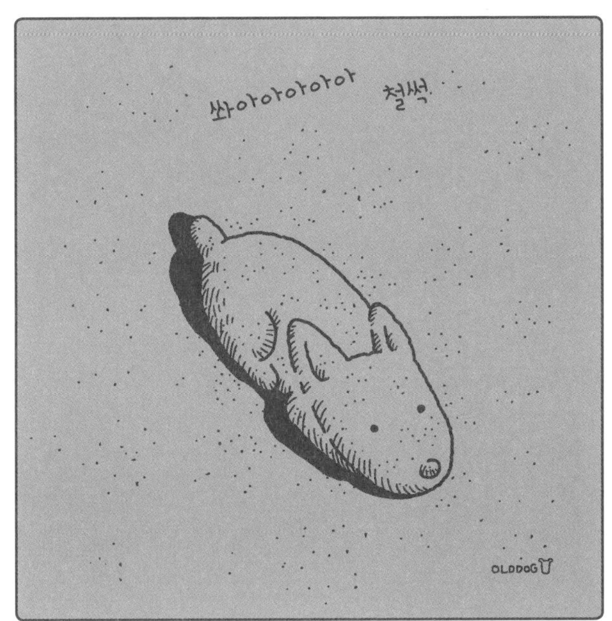
쏴아아아아아아 철썩
OLDDOG

자동 재생

그런 건
아니고
원래 좀 연해졌다
진해졌다 그래요.
아 진짜요?
다행이다

스트리핑이라고,
뽑듯이 하는 빗질법이
있는데 그거 하면 굵고
진한 털이 나오죠.
푸코는
안 하지만
...
오호 그거
신기하네요

어쩌다 상처 나서 딱지 앉고
털이 좀 뽑히면 그 자리에도
진한 털이 나오거든요?
페일에일
한 잔
주세요
넵

그래서 웃긴 게,
소리 죽기 몇 달 전에
풋코랑 치고받고 싸우다가
이마에 털이 뽑힌 거예요.
헉
ㅋㅋ
풋코 왜
그랬어!

크아아앙
투닥투닥
퍽
콰악
깨갱
갱깨갱

그래가지고 그 자리에
아주 예쁜 갈색 털이
자라났는데
페일에일
나왔습니다
고맙습니다

죽을 때도
그런 채로
죽어서
거길 쓰다듬고
또 쓰다듬었죠.

하나도
안 웃긴데요?
죄, 죄송
합니다..

죽은 개 생각 좀
그만 하고 사는 게
좋지 않을까요?
음,
하지만

죽은 개도
인생의
일부인 걸요.

OLDDOG

배틀

그래도 풋코는
엄청 순하네요.
아이
착해라.
헥헥
헥

음, 일시적인
착시 현상
이에요.
지금 산책도
꽤 했고 날도 더워서
쉬는 중이고요
헥헥
헥

좀 있으면 갑자기
벼락처럼 짖을 텐데
알고 있으면서도
매번 깜짝 놀라게 되는
그런 스킬이죠.
ㅋㅋ
ㅋ
헥헥
헥헥

어휴, 그래도
이 정도면 우리 뭉치에
비해서 양호해요.
걔는 어디 잠깐
앉아있질 못하게
한다니까요.
짖고 떼쓰고...
헥헥
헥

ㅎㅎ풋코도
그랬어요.
그나마
열두 살 넘어가면서
5분 정도 앉아있는 걸
허락하셨죠.
헥헥
헥

아아 뭉치는 그럼
7년 남은 건가!
근데 걔는 죽을 때까지
미친 개로
남을 거 같..
왕!!
깜짝
깜짝

'이젠 가야 할 때'
라고 하시네요.
네
ㅋㅋㅋ
헥
헥헥

헥헥
헥

근데 풋코는
똥 많이 안 싸요?
뭉치는 산책 나오면
엄청 싸거든요.
똥봉투를 준비하면
항상 그거보다 더 싸서
스릴 넘쳐요.
ㅋㅋ
헥헥
헥

풋코도
많이 싸요.
오늘 세 번 쌌는데
끝날 때까진
끝난 게 아니죠.
ㅋㅋㅋ
ㅎㅎ
헥헥
헥

뭉치는 최고기록
여덟 번이에요.
오오 ㅋㅋ
뭉치 승리.
풋코는 여섯 번
정도인 듯?
헥헥
헥

말썽 자랑, 똥 자랑
집에 혼자 두면
잘 있어요?
그것도
이제 나이 들어서
나아진 편인데
예전엔 온 집안을...
헥헥
헥

승부의 세계지만 어쩐지
긴장감 제로입니다.
으아아아
정말요?
우리 뭉치는
...
ㅎㅎㅎ
ㅎㅎ
ㅋㅋㅋ
ㅋㅋ
헥헥
헥
OLDDOG

화무십일홍

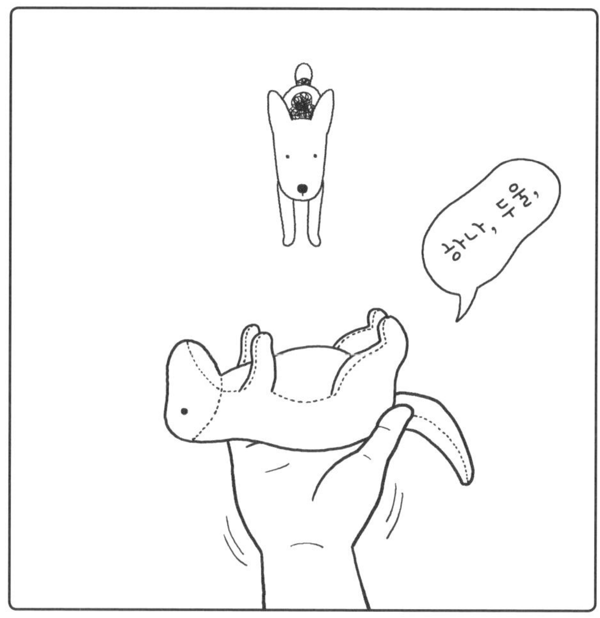

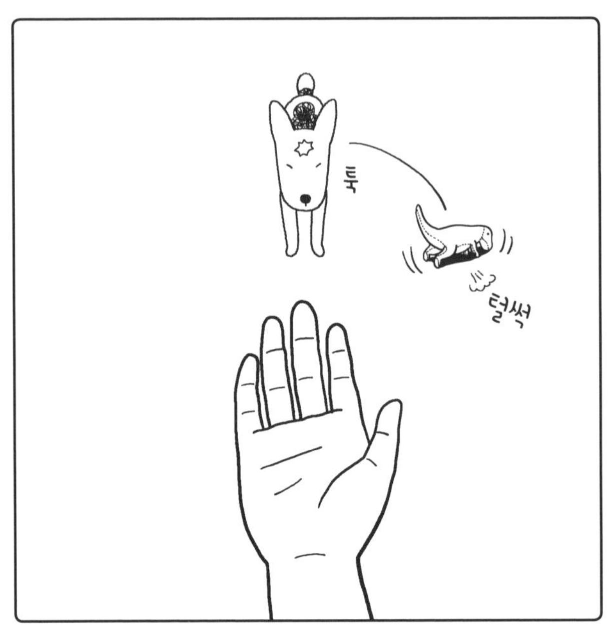
툭
털썩

하나, 두울,

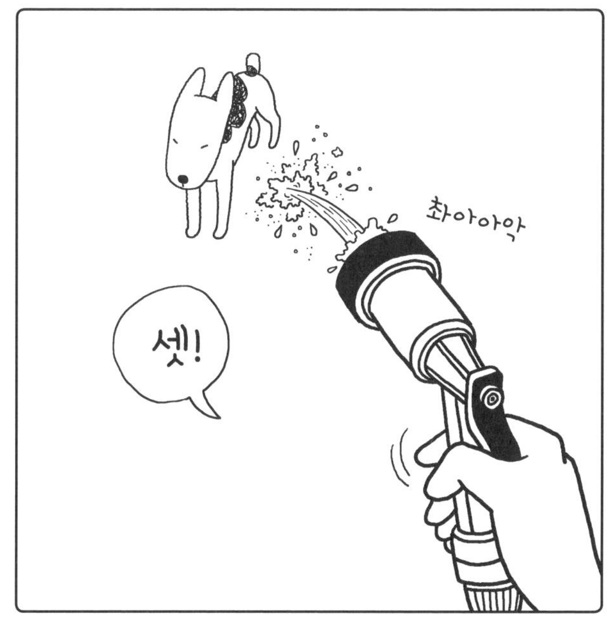
촤아아악
셋!

촤아아아아아아악
슬금슬금

조르르르륵

풋코, 옛날엔
장난을 그렇게
좋아하더니
이제 동심을
완전히 잃었어?
파라라라락

……

더 먹지 왜.
많이 먹었어요.

고거 먹고 돼?
빵 대장이 왜 빵을 안 먹어?

빵 대장..
그거 삼십 년 전이라니까요, 할머니.
......

빵을 그렇게 좋아하더니 빵 대장이 왜...
...

……

내가 바람 펴도
너는 절대 피지 마~
베이베~

..가 아니라
내가 잘못했다.
쏴리
파라라라라락
OLDDOG

카르페 디엠

....

부스스스

그렇지,
풋코?
이별은 참
슬픈 거지?

스윽
…

그치만 이별에서도
배울 점은 좀 있는 거 같아.

이별의 순간이
닥쳤을 때,
다시는 만날 수
없다는 사실에
직면했을 때

우리는
비로소
상대방이 내게
어떤 존재였는지
깨닫게 되거든.

평소에
우리는
언젠가 이별이
찾아온다는 걸
뻔히 알고 있으면서도

마치 그런 일은
일어나지 않을 것처럼,
지금의 관계가
영원히 지속될
것처럼
시간을
낭비하곤
하잖아.

……

아니지 참,
우리가 아니네.
걔는
그렇지 않지?
매 순간 마지막인 것처럼
항상 최선을 다하지?

어떻게
그럴 수 있어?
비결이
뭐야?

OLDDOG

왕년에

루비
기다려!
파파팟

안녕
착하지,
루비

크르르르
콱
깽!

안 돼 루비!!!!
죄송합니다!
팟
왕왕!
왕왕왕!

죄송해요..
얘 몇살
이에요?
그ㄹㄹㄹ
왕!왕!
왕!
열다섯 살 하고
4개월요.

그렇죠?
저희 개가 꼭
나이 많은 개들한테
이러더라고요.
캬ㄹㄹ
#%$&ㄹㄹ
왕!왕!
왕!
네..
ㅎㅎ
종종 있는
일이에요.

미안, 아가
건강해라!
캬릉
왈!왈!
와르르
하지
말래두!
왕!
왕!왕!
왕!
어어, 풋코.
괜찮아 괜찮아.
루비가
오해했대.

헥헥

영국의
전형적인
테리어로서
힘이 넘치고
제지하기가
힘들며

'호전적인 특성을
지니고 있다.'
크르릉
어쩐지
십여 년 전

'사냥의 본능을
억제시키기 위해서는
엄격한 훈련이
필요하다.'
크르르르

그래서 그런
거였어? 어?
왕왕!
왕왕왕!
왈왈!
왈왈!
그래도 학교에서
다른 개들 괴롭히면
안 돼!

내 말…
듣고 있니?
왕왕! 왕왕왕!
왕왕왕왕!
왕왕왕왕왕!
왕왕왕!
크르릉 왕왕!
왈왈! 왈왈!
왈왈왈왈왈!
캬르르르
와르르르왈왈!
왈왈왈!
개흥분

헥헥
헥

어어,
그렇지?
풋코.
그런 거지?
헥헥

대자연의
섭리를 벗어날 수 있는
생명은 없는 거지?
헥헥
헥

OLDDOG

오른쪽 혹은 왼쪽

라군이
잘 있대요?
쏴아아
음…
라군이

왜요?
잘 못 지낸대요?
사진은
받았어요?
쏴아아아
딸랑 한 장
보내주더라고요.

그 담부턴 아무리 보내
달래도 안 보내주네요.
잘 키우고
소식도 자주 보내
주겠다더니…
왜 그러지..
그리 어려운 일도
아닌데 말이죠.

어디랬죠?
나주?
네 나주요.
무슨 농장.

사진 어때요?
라군이 불행해
보이죠?
글쎄요 ㅎㅎ
사진 한 장 보고
알 수야 있나요.

어디서 봤는데
개가 기분 좋을 땐
꼬리를 오른쪽으로 흔들고
안 좋을 땐
왼쪽으로
흔든대요.
그래요? ㅋㅋ
처음 듣는 얘기네.

근데 이 사진
보니까 꼬리가 왼쪽
으로 가 있잖아요?

그래서 혹시나 하고
전에 제가 찍은
사진 보니까
전부 꼬리가
오른쪽이더라고요!
음…

아무래도
안 되겠어요.
직접 가서 보고
여차하면 다시
데려다가...
..!

고향 친구네로
보내야겠어요.
담양 사는데,
마당도 넓고 개도
두 마리나 있거든요.
...

걔가 잘
키워준댔어요.
그 친구는
믿을 수 있어요.
그렇군요.
다행이네요.

……
저 참 나쁜
주인이었죠?
우리 이쁜
라군이가
어쩌다 나
같은 걸
만나서…

음, 누구도 대신
결정해줄 수 있는
문제는 아니죠.
하루 종일 혼자
집에 있는 개도
힘들었을 테고
그렇게 둘 수밖에
없는 사람도 얼마나
마음이 무겁겠어요.

...
......

라군이
몇 살이죠?
이제
만 한 살
쯤 됐죠.

......
......

요새
바다 날씨
참 좋네요.
그쵸. 계속
이랬으면
좋겠어요.

쏴아아아아

쏴아아아아아아아아
OLDDOG

트라우마

근데 쟤가
열다섯 살
이래요ㅎㅎ
긴장
긴장
조마
조마
네에?
아이고, 엄청
건강하네!

토르는
안 보이네?
조마
조마
조마
금방
나올 걸요.
나올 때
됐지.

크르르르
앙!!
흠칫
어머?
밍키, 안 돼!!

왕! 왕! 왕! 왕!
크릉 앙! 앙! 앙!
어어, 괜찮아 푸코.
밍키! 밍키!!

죄송해요..
저희 개가 젊을 땐
어떤 개하고든 무지
잘 어울렸는데
저희가
죄송하죠
왕!
왕!왕!
왕!
앙!앙!
앙!
크르릉
왈!왈!

열한살 때
개 운동장에서
큰 개한테 물려서
죽을 뻔한 적이
있었거든요.
왕!왕!
왕!왕!왕!
앙! 앙!
앙!
앙!
왈!왈!
왈!
으르릉
멍!멍!

콱
깨앵
꽤애애억
풋코
!!!
어?
번개!

그러길래
왜 깝쳐
한 주먹 거리도
안 되는 게.
ㅋㅋ
가자
깨갱
깽깽깽
그걸 지금
말이라고...
거기
안 서?!
화르르
부들
부들 부들

그 후로 한동안은
멀리서 큰 개만 봐도
벌벌 떨고 그랬는데
괜찮아, 풋코.
개 아니야.
끄으으응
바르르르

쫄보가 돼서인지,
그냥 늙어서인지
그다음부턴
다른 개들한테
물리는 일이 이따금
생기더라고요.
왕!왕!
앙!
앙!
왕!
한 번은 주둥이를
심하게 물려서
몇 바늘 꿰멘
적도 있고요.

그래서 이젠
누가 조금만
지 마음에 안 들면
이렇게
찡찡대는데
괜찮아
풋코
왕! 왕! 왕!
왕! 왕!

그래도 좀 있으면
다시 진정하고
괜찮아질 테니
가지 마시고
조금만 양해를
...
왕! 왕! 왕!
왕!

...!
왕! 왕! 왕!

......
왕!
왕! 왕! 왕!
왕!

다들 갔어,
풋코.
왕!
왕! 왕! 왕!
왕!

응 그래,
니 말이
맞아.
왕!
왕! 왕! 왕!
왕!
많은 일이
있었지?

왕! 왕!
왕! 왕!
왕!
......
OLDDOG

토르

……
왕!
왕! 왕! 왕!
왕!

다들 갔어,
풋코.
왕!
왕! 왕! 왕!
왕!

응 그래,
니 말이
맞아.
왕!
왕! 왕! 왕!
왕!
많은 일이
있었지?

……
왕!!
왕! 왕!
왕!

다 안 갔어요.
왕!
왕!
왕!

그랬어~
퓻코?
늙는 것도 서러운데
다들 니 마음을
몰라줘?
토,
토리!

토르, 니가
풋코 어르신이랑
놀아드려라.
...

......

텁

덥석
캬르릉

토르...
용맹하고
쾌활하고
친절한 토르

조막만한
말티즈 주제에
이름도 토르인
토르!!!

끄응
부스스스
뜨끔

......
털썩
OLDDOG

벌써 10년

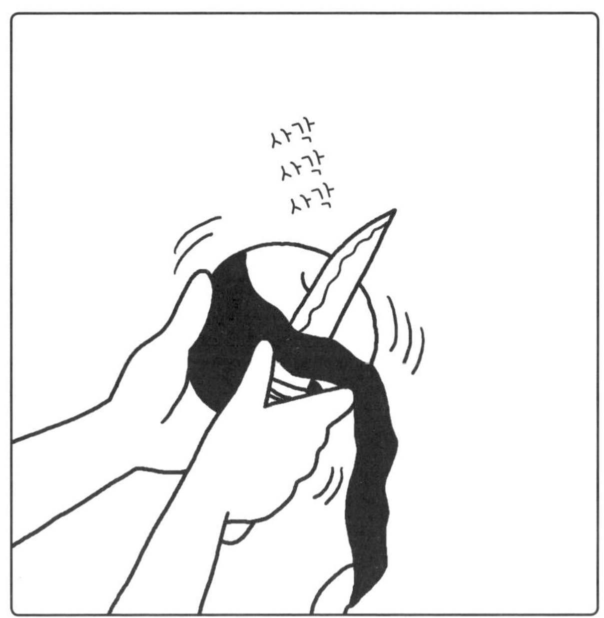

사각
사각
사..
미끌

팍
데구르르

주륵

푸슉
으악!!!

와락
으아아아
미안해 소리야!
미안해!!!
콸콸콸콸콸

이런 꿈을
꿨지 뭡니까.
아이쿠..

이미 죽어서
다칠 수가 없으니
좀 다행이죠.
ㅎㅎ
ㅎ

저는 얼마 전
새벽에 자다가
아아, 베란다
문이 닫혀 있는데..
우리 순이 화장실
가고 싶을 텐데...
하고 깼는데

일어나보니까
순이가 죽은 지
벌써 10년이
넘었더라고요.
...

이미 죽어서 화장실
안 가도 되니까
좀 다행이네요.
ㅋㅋ
ㅋ

우린
왜 이러는
걸까요?
누가 억지로
반려동물 키우라고
한 것도 아닌데
굳이 키워가지고
결국
떠나보내고
고통 받네.

음..다들 마음 속에
죽은 개 한 마리 쯤은
끌어안고 살아가는 게
어른의 삶
아닐까요.

저기요.
..?

순이는
고양이거든요?
앗
죄송
ㅋㅋ
OLDDOG

노견일기 1

초판 1쇄 발행 2019년 7월 25일
초판 10쇄 발행 2024년 3월 11일

지은이 정우열
펴낸이 김영신
미디어사업팀장 이수정
편집 서희준
디자인 이지은

펴낸곳 (주)동그람이
주소 서울특별시 마포구 성미산로 183, 3층
전화 02-724-2794
팩스 02-724-2793
출판등록 2018년 12월 10일 제 2018-000144호

ISBN 979-11-966883-0-1 03810

홈페이지 blog.naver.com/animalandhuman
페이스북 facebook.com/animalandhuman
이메일 dgri_concon@naver.com
인스타그램 @dbooks_official
X twitter.com/DbooksOfficial

Published by Animal and Human Story Inc. Printed in Korea